AF449593

LIDIAR CON LA INCOMODIDAD

LIDIAR CON LA INCOMODIDAD

MATIAS LEBRANTE

R

Lebrante, Matías
   Lidiar con la incomodidad / Matías Lebrante. - 1a ed. - Luján : Luisina Fernanda Ruiz Rossi, 2024.
   80 p. ; 20 x 14 cm.

   ISBN 978-631-00-2250-5

   1. Cuentos contemporáneos. I. Título.
   CDD A863.9283

Edición: Fernanda Ruiz
Corrección y maquetación: Abel Viotti

Lidiar con la incomodidad
Antología de cuentos
Copyright © 2023 Editorial Rubin
Copyright © 2023 Matías Lebrante

San Luis, Argentina, 2023
ISBN: 978-631-00-2250-5

Prólogo

Si desde un reconfortante sillón que se hunde con el peso de mi cuerpo y con una taza de café caliente en la mano me pusiera a pensar en las incomodidades con las que lidiamos los mortales, comenzaría por enumerar las más pequeñas. Esas molestias físicas, detalles evolutivos que pueden arruinarnos el día (así de frágiles somos). Me refiero a situaciones como que te apriete un zapato, los asientos duros del tren, viajar dos horas junto a otras seis personas en un Renault 12, un granito en el culo o en el interior de la nariz, el calzón que te aprieta… ¿No son estos miserables detalles nuestros enemigos más cotidianos?

Pero podemos sobrellevarlos y hasta resolverlos. Sabemos que de un día para otro dejarán de importar. Muy diferente a las incomodidades sociales. Situaciones embarazosas con las que podemos cargar durante meses o años. No son más que construcciones, pero están tan intrínsecas que hasta parecen malestares biológicos. Me refiero a escenas de la vida como felicitar a una mujer por su embarazo cuando sólo está gordita, una erección en un funeral, un pedo en la oficina, un te amo no correspondido, decirle mamá a la maestra, que tus padres te hablen de sexo, pedir que te devuelvan dinero prestado, tapar el inodoro en la casa de tus suegros, cuando te cantan el feliz cumpleaños o la persona frente a nosotros tiene mal aliento o una corpulencia verde y viscosa en sus cavidades nasales.

¿Pero qué es la vida sino lidiar con una permanente incomodidad? Desde la más pequeña hasta las que me atrevo a llamar macroincomodidades. Esas que ya son parte de la sociedad, del modernismo tardío, de la hiperrealidad. Y es que la incomodidad no es más que el reflejo de nuestras inseguridades, de no saber dónde estamos parados y a qué venimos a este mundo.

Paradójicamente, Mato Lebrante ha sabido retratar estas incomodidades de una forma demasiado cómoda para el lector. Su lenguaje amigable y su narrativa tan nacional y popular nos hace vernos en estas situaciones desde una forma diferente. Con humor, autocrítica y una solución insidiosa para aprender a lidiar con la incomodidad de nuestras vidas: leer sobre la incomodidad de otros.

Luisa

(Intertextualidad de *Ahuyentar las hormigas*
de Nicolás Taltavull)

«¡Es una ladrona, Luisa, ¡eso es lo que es! Y no sabe cuánto me duele. Nunca me lo imaginé de usted, pero no le voy a dar el gusto, no la voy a echar, porque me hace un juicio y me saca todo, igual sepa bien que es una la-dro-na». Así de enojada me lo dijo la señora Amanda, sacándose los estiletos animal print que le había regalado el señor Marcelo para el último aniversario. Hacía días que algo entre nosotras se había roto. Tenía que arreglarlo de alguna manera. Con todo lo que había hecho por mí. Igual, me defendí como pude. Le dije que sería incapaz, que mi tía Genoveva, que en paz descanse, me enseñó muchas verdades, entre ellas que «a la mano que te da de comer no la tenés que morder». Pero no me creyó. Y al ponerme en su lugar, entendí que tenía razón. Me pagaban para que todo estuviera ordenado, limpito y bajo control.

Desde hacía una semana, la señora buscaba desesperadamente el alhajero de vidrio que compró durante su último viaje a Europa. Pero recién el martes, mientras planchaba la remera de rugby del señorito Federico, se animó a preguntármelo.
—Luisa, por alguna de esas casualidades, ¿no viste mi

alhajerito?

—No lo vi, señora. Tiene que estar ahí, arriba de la cómoda, en el mismo lugar de siempre —contesté algo indiferente.

«El alhajero, Debbie, el que compramos en El corte inglés, ¿te acordás? Me lo robó esta negra de mierda, ¿podés creerlo? ¡No sólo se vive rascando el culo, sino que además es chorra!», escuché que le contaba a la señora Débora por teléfono el miércoles. Cuando aparecí en el living, ella me dio la espalda y cambió de tema. Le preguntó si conocía el Alvear Icon. El sábado iría a almorzar con el señor Marcelo y quería sugerencias del menú. El señorito Federico se quedaría conmigo. No le gustaban esas reuniones con los amigos millonarios de sus papás. Me había pedido que le hiciera bifecitos de pollo a la plancha con puré de calabaza porque había empezado a cuidarse con las comidas. Nunca me cayó bien. Pero de ser un chiquito enérgico e intenso de apenas diez años, pasó a ser un gordo perverso y desagradable, de diecisiete. Cada vez que nos quedábamos solos, me hacía cocinarle para poder observarme de atrás un buen rato, manoteándose el paquete y oliéndose las manos. Pero la última vez, el día que me pidió tallarines caseros, pasó un límite. Se acercó y me apretó tan fuerte las nalgas que me volqué el tuco encima. «¡Luisa, qué chanchita! ¡Te manchaste toda! Sacate el delantal y limpiá eso, ¿querés? En un rato vuelve mamá y te va a cagar a pedos». Sólo se me ocurrió decir «Sí, señorito, ¿prefiere que lo haga con el trapeador o en cuclillas con las manos?».

Semanas atrás, la señora me preguntó si le parecía una mala madre. No le respondí nada y me retó «¡Dígame algo, Luisa! ¿Por qué se queda muda?» Después me abrazó fuerte, se despegó rápido y gritó «¿Qué voy a hacer con este chico, qué voy a hacer? Marcelo lo quiere mandar a trabajar de operario en la oficina. Es la tercera vez que nos citan en el año».

Se puso los lentes oscuros para disimular las lágrimas, me recordó que limpiara los vidrios y le pidió al chofer, que la llevara al campo de su medio hermano.

El mes pasado tuvo que ir a hablar de nuevo con el director porque le discutió a la profesora que una mujer puede sentir placer aun cuando la tocan contra su voluntad. La vez anterior lo encontraron fumando marihuana en el baño y la otra, toqueteándose en clase. Lo mal que la debe tener este tema a la señora que se vació uno de los blísteres de Rivotril que esconde en el primer cajón de la mesita de luz.

Desde aquella vez que lo sorprendí en el baño sentado en el inodoro, con la panza hecha un acordeón y con uno de mis guantes de látex calzado en el bicho, empezó a amenazarme. «¡Si le contás a mamá lo que viste, hago que te echen!». Y a partir de ahí, todo cambió.

Caminaba la mayor parte del tiempo en calzoncillos, zarandeándose el paquete para todos lados. La semana anterior, mientras pasaba el trapo, me llamó en voz baja y cuando lo miré, se agarró ahí abajo y riéndose me dijo «¿Sos piola? ¡Atame este paquete!». «Paquetito», respondí, riéndome con falsedad.

Cada vez que se iba a bañar, aprovechaba para ventilar su habitación y tender la cama. Casi siempre, entre las sábanas, encontraba algún trapo de los que uso para limpiar. La mayoría de las veces lo ponía a lavar inmediatamente. Alguna vez lo doblé prolijo y lo dejé, así manchado como estaba, arriba de la cama tendida.

Cuando me juntaba a tomar mate con las chicas,

me despachaba hablando pestes del señorito Federico. Incontables veces, me ayudaron a idear planes malvados en su contra, pero nunca de la señora. Jamás. Ella me había sacado de la miseria más profunda. Nadie me había dado una oportunidad así y como decía mi tía Genoveva, que en paz descanse, «es de bien nacido ser agradecido».

El sábado, mientras cocinaba los bifecitos de pollo y el señorito Federico se frotaba el pirulín al canto de «*Luisa, yo te amo, aunque no seas un diez, quiero masticar tus tetitas otra vez, cogerte por la nuca, metértela al revés, porque me gustan tus cachetes negros y el tamaño de tus pies*», mi paciencia llegó a su límite. Respiré profundo, lo bendije, solté el tenedor, me di vuelta y le pregunté mirándole fijo el bulto «¿Prefiere seguir cantando o que le toque el pajarito?». El señorito se puso pálido y contestó apocado, pero con tono libidinoso, «Que me toques, Luisita». Apagué la hornalla y enfilé hacia su habitación. Me siguió. Entré y fui derecho al zócalo flojo. Saqué un porro y el encendedor de la bolsita. El señorito se sorprendió de que conociera su escondite. Lo prendí, se lo pasé y lo fumamos todo, sin hablar. Mirándonos. «Ahora sí, cojame, señorito Federico», rompí el silencio.

Después de la cochinada, y mientras me cambiaba, le dije que se quedara durmiendo la siesta, que yo tenía que limpiar la cocina antes de que volviera la señora Amanda. Todavía temblando, salí de la habitación y fui derecho al perchero recibidor. Abrí mi cartera, agarré el alhajero de vidrio, saqué dos anillos y una pulsera, me los guardé en el bolsillo del delantal y metí el alhajero en la cartera, otra vez. Volví a la habitación, comprobé que el señorito durmiera y entré. Tomé del escondite la bolsita, junté con cuidado los restos de porro y el encendedor y los guardé, con los anillos y la pulsera. Apurada, fui al lavadero, me llevé el bolso de rugby que el señorito había dejado para lavar y tiré adentro todo lo que tenía guardado en el bolsillo del delantal. Apoyé el bolso arriba de la mesada y limpié la cocina. Ni bien escuché las llaves, me acerqué a la puerta. «Señor Marcelo, señora Amanda, perdón, pero tengo que mostrarles algo. Me gustaría que no se la agarren con el señorito Federico. Está enfermo, no lo hace con maldad».

Batman

Cerró el locker de un portazo. Lo dejó abierto, sin llave. «¿Quién me va a robar esta pilcha? Ojalá se la lleven, me harían un favor», pensó. Había discutido con Ricardo, otra vez. El traje de Batman tenía un tufo terrible. Desde que Gladys lo abandonó, lo lavaba cada muerte de obispo. Además, le quedaba chico. Le hacía tetas. Se las marcaba. Tenía que encorvarse para esconderlas. ¿Cómo podía ser que después de 18 años no hubiera sido capaz de cambiárselo ni una sola vez? La misma tela de acetato gris. La misma capa. El mismo calzón negro. Las mismas polainas de lana. El mismo cinturón amarillo. La misma hebilla metálica. «¿Puede ser tan hijo de puta este tipo? ¿Le pone chapones galvanizados y luces led al tren, pero no hay guita para cambiar un puto disfraz?», reflexionó. Ya habían peleado el mes pasado por ese tema. Y el anterior también. Ricardo terminaba diciéndole «si tenés tanto problema, compratelo con tu plata». Estaba teniendo otro domingo de mierda. Ni peor ni mejor que el anterior, una mierda.

Su primer recorrido fue en 1990, cuando recién se ponía de novio con Gladys. En aquella época, Ricardo tenía apenas un trencito y él menos panza. Ahora contaba con una flota y él con flotadores. Llevaba 25 años ininterrumpidos siendo Batman. Al principio, lo eligió porque a Gladys le encantaba cómo le quedaba el disfraz, entalladito al cuerpo, y además era el más livianito de todos.Ideal para el verano, pero no para el invierno. El primero fue duro. Le costó hasta que le encontró la vuelta, poniéndose ropa abajo. A Ricardo no le jodía, solo le exigía que las prendas de abajo fueran grises o negras, nada de colores estridentes. «Para no romperle la ilusión a los pibes», repetía siempre. Con el tiempo, se terminó encariñando con el personaje. La lista se actualizó muchas veces, pero nunca dejó de ser Batman. Los primeros años resultaron mágicos, casi tan mágicos como el comienzo de su relación con Gladys. Le encantaba animar. Disfrutaba la sonrisa de los niños. Incluso hacía recorridos gratis para comedores, una vez al mes. Gladys solía alardear con esto adelante de su familia. «Es tan bueno mi Vicente, tiene tanta vocación de servicio. Ni un peso les cobra, lo hace sólo por los chico. Es mi superhéroe».

No habló con nadie hasta que llegó el tren. Subió, levantó las cejas como saludo para al chofer y le indicó al Power Ranger que se quedara adelante. Él se fue directo al fondo, donde había menos gente. Menos ruido. Menos laburo. El primer paseo del día venía tranquilo. Apenas se limitó a aplaudir durante algún estribillo. Las canciones del momento lo tenían harto. Odiaba la música bailable. De pronto, un pibe le hizo señas. Un abuelo se había descompensado. Caminó cohibido hasta la parte delantera, pidiendo permiso. Le exigió al chofer que frenara en cualquier kiosco. Bajó para comprarle una gaseosa al viejo. «Comprá una grande. Light o Zero», le gritó el chofer, mientras se bajaba. Sacó plata de una de sus polainas y entró al kiosco. Se sintió observado. El kiosquero le miró la panza. Instintivamente se miró también. La hebilla del cinturón estaba por reventar. Se avergonzó, pero más vergüenza le dio pedir Coca Light. Entonces también pidió un alfajor triple. Se guardó el vuelto en una polaina y el alfajor en la otra. Volvió al trencito. Le dio la Coca al viejo. Se quedó ventilándolo. Esperó que le devolvieran la plata de la gaseosa, pero no pasó. Bajaron en Plaza Italia. Los chicos irían al zoológico y en una horita continuarían el paseo. Ricardo llamó por teléfono al chofer. «Dice el jefe que nada de estar al pedo, todos a vender globos», exigió, aplaudiendo.

El calor ya no lo sofocaba. Desde que Gladys lo abandonó, ningún día para él era verano. Infló dos globos, simulando cooperar. Se agitó. Tosió y esperó apoyado contra un poste de luz a que los demás terminaran. Fijó la vista en la gráfica despintada. Descascarillada. «Subite al tren de los sueños». Se rio. Recibió de mala gana un racimo de globos. Se paró en la sombra de un carrito de garrapiñadas. Era el único espacio sin sol de la cuadra. No vendió ningún globo en media hora. Cambió de mano porque se le empezó a acalambrar. Aprovechó para limpiarse el sudor del bozo. Se volvió a mirar la panza. La sacó afuera todo lo que pudo, a propósito. Se sintió patético. Y rancio. Pasó un grupo de adolescentes por al lado. Alcanzó a leerle los labios al coloradito de rulos que bromeó:

—Batman se comió todos los murciélagos.

—Estoy comiéndome a los colorados mufa también —contestó lo suficientemente bajo y apocado como para que nadie lo escuchara—. El colorado no tiene la culpa. La culpa es del hijo de puta de Ricardo… y de Gladys —masculló.

Molesto, le pidió al chofer que lo reemplazara para poder fumarse un pucho. Cruzó la calle. Se sentó en el banco de la parada del 37. Con la capa se tapó los rollos. Se le metió el calzón adentro del culo. Se incorporó para despegárselo. «Me paspé de nuevo, la reputísima madre que me parió», balbuceó. Una señora lo miró como no se mira a ningún superhéroe. La misma mirada de Gladys la mañana que lo dejó. «No te admiro más, Vicente. Perdoname», fueron sus palabras. Se sintió derrotado. Jubilado. Volvió a la plazoleta. Le agradeció el gesto al chofer. Un perro se acercó con saltitos a su alrededor. Para no quedar antipático, lo acarició. El perro tomó confianza y empezó a olfatearle los huevos. Con el hocico enterrado en las pelotas, intentó hacer memoria. ¿Tenía o no tenía Hipoglós en la pensión? De última compraría en la farmacia que está al lado de la parroquia. Cuando volvió en sí, el perro se había ido y un nene le tiraba de la ropa. Miró alrededor buscando a los padres, pero nada. Se agachó, dejando a la intemperie media raya del culo. «No pasa nada, me tapa la capa», se conformó. El nene lo miró fijo y con extraña serenidad le preguntó:

—¿Hace cuánto no luchás?

No pudo responder nada. No supo. Pero logró rememorar lo indefenso, vulnerable y ridículo que se sintió la noche previa a la ruptura cuando Gladys, sin golpear, abrió la puerta del baño y lo encontró sentado en el inodoro, completamente desnudo, con la panza hecha un acordeón. «¡Perdón, creí que no estabas!», dijo cerrando la puerta lo más rápido que pudo y con inocultable cara de asco.

Shockeado, sólo atinó a regalarle un globo y darle las gracias. Todavía algo sobrecogido, soltó el racimo de globos. Miró cómo se alejaban lentamente. Los globos y el nene. Se acordó del alfajor escondido en la polaina. Lo sacó. Lo colocó en la palma de su mano y lo destrozó, apretándolo con los dedos. Se limpió los restos de chocolate, frotándose un poco con la mano limpia y después con el piso. Se incorporó. Respiró hondo y con lágrimas en los ojos se arrancó la parte superior del traje, absolviendo, de una vez por todas, la panza. Libertando, por fin, sus suculentas tetas.

Coraje

—¡Apagá eso que nos vas a matar a los dos!

—¡A los tres! —retruqué, señalando la cucha de Coraje.

—Ese perro de mierda, deberíamos sacrificarlo.

No contesté. Giré la perilla y apagué la hornalla. No hubo caso, algo funcionaba mal.

—¿Qué te dije? ¡Mirá la baranda que hay ahora! —gritó—. ¿Hablaste con el gasista?

—Sí, viene mañana temprano. Hoy no podía. Es domingo, Sergio.

—¡Un chanta! Después dicen que no hay trabajo. Sobra laburo, lo que falta son ganas —dijo, estirando mucho la ese final—. ¿Y pediste los sánguches?

—Sí.

—Y el mío con ma…

—Sí —lo interrumpí—. Lo pedí con mayonesa, Sergio.

—Menos mal, son una cagada esos sánguches sin mayonesa… muy secos.

Estábamos en la mesa terminando de comer. Solo se lo escuchaba masticar fuerte, muy fuerte. Siempre odié ese ruido exagerado, por eso prendí la tele.

—Apagá esa mierda. Quiero estar en silencio.

Seguro estaba enojado por lo del gas. Igual siempre encuentra una excusa para putearme.

De pronto, cortó el silencio:

—Es en serio lo del perro, eh. Estuve pensando… hay que hacerlo cagar. Tiene la pata hecha mierda, es viejo… está reventado. Ya no se mueve de ahí —dijo, señalando el sillón.

Después, apoyó la lata de cerveza en la mesa y la aplastó con el puño, reduciéndola a una fina lámina metálica. Se calzó las ojotas y se fue para la pieza a dormir, trastabillando. Me quedé en shock, no quería perder a Coraje. Me tiré en el sillón, pero no pude pegar un ojo. A las dos de la mañana, me levanté a fumar un pucho. No prendí la luz de la cocina porque el tubo vibra y hace mucho ruido. No quería despertar a Sergio. Coraje abandonó la comodidad de su sillón y me siguió. Sabía que la hornalla andaba mal, pero no aguanté y la prendí para hacerme unos mates. La llama estaba naranja, demasiado naranja. Sergio me había explicado que tenía que estar azul, que cuando tenía otro color había pérdida. La imagen de Coraje muerto no me dejaba concentrar. Agarré el celular para mandarle un mensaje al gasista. Escribí y borré. Escribí, tomé un mate y volví a borrar. Me agarraron ganas de hacer pis. Fui al baño y recogí la musculosa sucia que Sergio había dejado en el piso. Su olor me asqueó. Mientras hacía pis, me acordé de Coraje cuando era cachorro, cómo corría y jugaba en la placita que estaba a la vuelta de la casa de mis viejos. Me asustó un ruido, pero más me asustó pensar que ese ruido había despertado a Sergio. Chequeé y todavía roncaba. Volví rápido a la cocina, Coraje había tirado el mate al piso y no quedaba más yerba. Había mucho olor a gas, me había olvidado prendida la hornalla. Fui a la habitación, me calcé y me puse una campera arriba de la bata. Ya empezaba a sentirse olor a gas en el living. Cerré todas las ventanas. «No vaya a ser cosa que Sergio se enferme», pensé. Manoteé las llaves, la billetera, el celular y salimos. Primero, dejé salir a Coraje, que empezó a correr como si no existiera ningún clavo en su patita izquierda. Cerré la puerta, agarré el celular y le escribí al gasista:

—No venga, Sandro. Al final lo pudimos arreglar. Disculpe la molestia.

Bautismo

Siriaco ve caer la tarde desde el jardincito frontal de su casa. Sentado en una vieja reposera plegable de aluminio, tararea una canción pastoral. La musculosa manchada, pelo graso, un rosario de madera con la cruz rota, pantalón pampero y ojotas. Isaías, su gato cruza calle con vereda, aprovecha las partes de tierra desnuda para llenarla de pequeños pocitos. Siriaco lo mira y piensa que ya debe estar por llegar Santino para jugar con él. De repente dice «¡El regalo del nene!», y se levanta rápido. Apurado, tropieza con el gato. Trastabilla, pero logra agarrarse de la manija de la puerta y mantener el equilibrio. Adentro está todo oscuro. Atina a buscar en el librero, pero se arrepiente. «No, no, no. Ahí no está». Llega a la cocina, sobre la mesa está el mate con la yerba negra, cáscara de mandarina y diez mamaderas en sus cajas, impolutas. Espanta las moscas que salen del mate. Se agita un poco. Levanta el mantel y agarra una de las tantas estampitas escondidas. La presiona contra su pecho. Mira alrededor, algo confundido. Se le cae la estampita. Se agacha para levantarla y pega un grito:

—¡El regalo del nene!

Camina por el pasillo. Entra en su habitación. Mira el cuadro con la imagen del Sagrado Corazón de Jesús, se hace la señal de la cruz, se besa la mano y va hasta la cómoda. Emocionado, abre el primer cajón. Nada. Más estampitas, rosarios y mucho olor a barritas de azufre. Frunce el ceño. Lo distrae un ruido. Se asoma al pasillo. Isaías se acerca maullando.

—Andá para afuera —lo espanta—. Menos mal que todavía no llegaron. Mónica odia que entres.

Se rasca la cabeza. Algo desorientado, apaga el antiquísimo equipo de música. «*Vienen con alegría, Señor, cantando, vienen con alegría, Señor*», canturrea hasta llegar a la puerta de hierro de vidrio repartido que da al patiecito de atrás. Antes de salir, escucha la voz rasposa de Mónica, entonces se apura. Atraviesa los pocos pasos de tierra fría que lo separan de la piecita del fondo. Esquiva el triciclo oxidado y la montaña de piezas de equipos viejos para reparar. Empuja la puerta mosquitera. La sostiene con el pie mientras piensa. En el piso, cajas y cajas de ajuares para bebé. Debajo de la pila de ropa, toallas y trapos, una mecedora de algarrobo despintada. Revuelve entre la ropa. Nada. Desesperado, patea todos los paquetes de pañales cerrados que se le cruzan camino al bañito. Golpea la puerta. Nadie le responde. Abre como si no quisiera descubrir lo que hay ahí. Hace memoria. Agarra fuerte el rosario con una mano. Besa la cruz rota, se la pasa por la frente. Une las manos en oración y mira el techo. Intenta pensar en otra cosa y lo logra: se acuerda. «Si vuelvo sin el regalo, Mónica va a pensar que me olvidé el cumpleaños de mi nieto», reflexiona. Adentro de la bañera, diez paquetes envueltos para regalo. Todos con formas de libros, y del mismo tamaño. Toma uno. Sonríe triunfador. Respira profundo. Mónica cree que está mal de la cabeza. Tener el regalo es un alivio. Sale de la piecita. Mira el cielo. Se ha largado a llover. No se acuerda bien cuándo ni por qué ha empezado a odiar el agua. Le caen apenas unas gotas. Se agita. Jadea con la respiración entrecortada. Siente miedo. Mucho miedo. Fija la vista en uno de los angelitos despintados de yeso desparramados por el piso. Se desorienta, sin darse cuenta suelta el regalo.

—¡Mónica, Mónica! —la llama, le grita como retándola. No quiere ser tan duro con ella, entonces se corrige bajando el tono—. Moni, ¿terminaste de hacer la tarea? ¡Tenés que rezar con papá! —vuelve a subir la voz—. ¡Santino, el abuelo te dijo que dejes de jugar con las estampitas! ¡Vení para acá!

Silencio. Recorre toda la casa, vuelve a prender el antiguo equipo de música. Camina hacia una especie de altar, un mueble con reclinatorio para rezar, cubierto con un mantel rojo lleno de imágenes de santos cristianos y advocaciones de la Virgen. Atrás, torcido, un cuadro con la frase «Quítate las sandalias, porque el suelo que estás pisando es una tierra santa (Ex. 3:5)».

—Padre nuestro que estás en el... —reza, sacándose los pantalones, y se arrodilla sobre una pequeña porción de piso cubierto de semillas de maíz y arroz hasta que los granos se acomodan en las heridas abiertas de sus rodillas. Luego toma el cinturón del pantalón, vuelve a acomodarse y se da dos latigazos. Secos. Apenas gime. Deja de escuchar el ruido de la lluvia golpeando la chapa y oye a Santino «¡Abuelito, somos nosotros!». «¡Por fin!», piensa. Así como está, en musculosa y sin pantalones, se incorpora y enfila hacia la puerta. Abre y comprueba que todavía llueve. Torrencialmente. Se pone la mano en forma de visera y da unos pasos hasta pisar el felpudo. No ve nada. Ni a nadie. Agobiado por el sonido de las gotas, cierra de un portazo y vuelve a entrar. Camina hasta la ventana del patiecito trasero. Desde ahí, ve cómo el papel del regalo de Santino se disuelve con el agua de la lluvia, desnudando un libro con la inscripción *Biblia infantil con actividades para los niños*.

—¡El regalo del nene! —grita. Primero se lleva las manos a la cabeza, después agarra el rosario. Le da un beso a la cruz rota. Jura que él no tuvo la culpa. No lo cree. No se cree. Vuelve a mirar fijo el regalo, pero ahora con los ojos aún más abiertos. Mueve la cabeza, como si volviera en sí. Vuelven las palpitaciones. Se agita. Se rasca la cabeza... y diez años y tres días después del bautismo de su nieto, Siriaco se acuerda. De todo. De la iglesia. De las bellísimas palabras del padre Juan. De la canción *Bendito el que viene en nombre del señor*. De Santino que llora y llora. De los movimientos exorcistas de sus manos que lo sumergen repetidas veces en agua bendita hasta que deja de llorar. Siriaco siente ahogarse también. La imagen lo asfixia, hasta que sacude fuerte la cabeza y arranca a deambular, como un robot que falla, al grito de «Si tuvieras fe como un granito de mostaza, eso dice el Señor».

—El regalo del nene... —balbucea ya sin fuerzas y continúa para sus adentros. «¿Dónde lo habré metido? Tengo que encontrarlo antes de que lleguen. No quiero que Mónica piense que me olvidé el regalo de mi nieto».

El Chini

Se acaba de ir El Chini. ¡Hacía cuánto no lo veía! Lo reconocí a media cuadra. Andaba igual de desgarbado que siempre. Caminaba encogido. Supe que era él por ese andar torpe, pero más por sus ojos achinados. Rasgados. Inconfundibles.

No voy a mentir. Pensé en hacerme el boludo, esquivarlo. No sé por qué, fue instintivo. Imaginé diferentes escenarios. Cruzar de vereda. Simular una conversación por celular. O fijar la mirada en cualquier punto para evitar el contacto visual. Y la verdad, ¡me sentí como el culo! Un conocido, vaya y pase… pero ¿El Chini? El chinito fue uno de mis mejores amigos de la infancia. Está bien, pasaron diez años. Once. Doce, como mucho. Pero seguía siendo él. El del barrio, el que no me compartía un solo gajo de mandarina. El flacucho con la musculosa estampada del Demonio de Tasmania que me tocaba timbre todas las tardes para jugar a la pelota. Con el que llenamos varios álbumes de figuritas sentados en la puerta de su casa de Sarandí entre Carlos Calvo y Rincón. No merecíamos eludir recuerdos. Cuestión de respeto. Ni siquiera por él, porque capaz todavía no me había visto. Por respeto a mí. A mi pasado.

Entonces, la estrategia original cambió. Me dispuse a encontrarme con la casualidad. A romper el hielo rápido. A lidiar con la incomodidad de no saber qué carajo decir. Ni preguntar. A pisar sus preguntas con las mías. A respuestas poco claras. A no escapar. A pasar ese momento lo más rápido posible. Me pregunté «¿Cómo lo saludo?». Levanto las cejas. Me llevo las manos a la cabeza. Sonrío y espero que me reconozca. O lo sorprendo con el saludo ese, «¿Cómo era el saludo que hacíamos?», intenté recordar. Me miré las manos, apelando a que fluyera, que saliera de memoria. No hubo caso. Era algo con los pulgares. Igual no, no da. Sería raro. Levanté la vista y El Chini ya me había visto. Ya a unos metros me gritó «¡Gordo en pausa!». Me sorprendió su simpatía, siempre fue más bien tímido. Metido para adentro. Reímos. Chocamos puños, pero no alcanzó. Enseguida, fluyó un abrazo. Largo. Acalorado.

—¡Qué flaco estás, boludo! ¡Te reconocí de pedo! —dijo asombrado.

—Vos estás igual, salvo por la pilcha. ¡Qué camisita, eh! ¡Se nota que andás bien, enano! —bromeé.

Nos preguntamos por las familias, las mujeres y los chicos del barrio. Hablamos de Peta, las flores, el kiosco de Beavis y de todas las pelotas Pulpo que nos pisaron los autos. Se le iluminaron los ojos cuando reviví el día que me caí de la bici y me fracturé el cúbito contra el cordón. Y yo largué una carcajada cuando recordó la noche que nos metimos de queruza en el Duna abandonado y salimos cagando porque a Boris lo atacó una rata. Y también se acordó cuando Dieguito, el hijo del verdulero, nos persiguió con una rama porque le robamos una naranja.

—Tu vieja nos obligó a devolverla. Una genia —completé la anécdota.

Después, le pregunté por el laburo y me cambió de tema. Se llevó una mano a la oreja y quiso saber si seguía jugando a la pelota. Lo noté nervioso. Capaz había tenido un mal día. La dejé pasar. No quise hacerlo sentir mal. Cruzamos algunas palabras más acerca de lo mal que venía boquita en el campeonato. Y el primer silencio incómodo marcó la despedida.

—Che, bueno, juntémonos en la semana —propuso. Sentí una bomba de tiempo en el pecho que alteró mis sentidos. Era mi infancia que estallaba en sepia, arrasando con toda mi inocencia. «¡Qué tipazo El Chinito!», pensé. Todavía algo conmovido por su iniciativa y la carga del encuentro, respiré profundo y saqué el celu del bolsillo para intercambiar números. El Chini me miró fijo, miró el celu… me lo manoteó y salió corriendo.

Sentime una cosita...

(coautoría con Nicolás Jorge)

«*Madeimoselle*, la molesto si le solicito que me lo temple. Está unos grados debajo de su temperatura ideal. *Merci*», se dirigió en frañol —una mezcla de francés y español rudimentario— a la moza, quien se acomodó la faja blanca con tiradores del uniforme, esbozó una leve sonrisita, tomó el latte y enfiló rumbo a la cocina. «*Patience*, Sebastièn, *patience*. No seas exigente con los demás como lo eres contigo. No saben preparar un latte, puede ocurrir. No diferencian un latte de un macchiatto. No consultan si con mucha o poca espuma, pero viniste a disfrutar. No será como la playlist de Monk, Coltrane y Mingus, pero intentalo», pensó peinándose sus curvos, puntiagudos y agresivos bigotes. «Le pedí pan de campo tostado con poca miga, no pan integral. Esto es *incroyable*», continuó mirando el desayuno. «*Calme*, Sebastièn. El pan integral también te gusta. Lo que no te gusta es el café frío y soso. El café es la representación más acertada del universo. Un espacio metafísico social, la razón más grande de todas, pero ¿qué pueden saber de café estos *ordinaires*?».

«No llegar al *sentime una cosita*, no vale la pena. Respirá hondo. Repetilo como un mantra». Ojeó el último mensaje de su psicólogo por WhatsApp, en busca de ánimos. Tenía más de veinte llamadas perdidas. Levantó la vista y vio a la moza acercándose nuevamente con un cadáver descafeinado y casi transparente al que osaron llamarle latte en el menú. Sin mediar palabra, la joven apoyó la taza sobre la mesa y se retiró.

—*Merci* —deslizó, pero no obtuvo respuesta.

El imperfecto corazón de espuma de leche que tenía la taza ahora era una nube revuelta producto de la recalentada. «Luigi Lupi y David Schomer deben estar revolcándose en su tumba. ¿Qué sabrán acá, en este antro de mala *mort*, de Lupi o de Schomer, fundadores del *latte art*? ¡Qué iluso, Sebastièn, qué iluso!».

«*¡Sacrilège!* ¡Que me lleve el diablo al infierno si es necesario, pero que también se lleve estos granos solubles! Este café está más ácido que mi saliva. No lo entienden, no lo entienden... tiene que ser amargo como la tristeza, negro como el infierno y fuerte como la muerte, pero nunca —nunca, eh— ácido». Suspiró, desamorado. Se acomodó el nudo Windsor de la corbata y decidió ignorar ese molesto hormigueo en la garganta, googleando citas textuales de Capote. El teléfono no dejaba de vibrar, lo buscaban con desesperación.

—*Tchss, excuse moi, tchss, excuse moi* —chistó a la moza que pasaba rumbo a una mesa contigua. Notoriamente a disgusto, la chica giró, lo miró y levantó apenas las cejas.

—Lejos de querer molestar, ¿podrías facilitarme la clave de Wifi, *l'Internet*?

—La tenés pegada en el servilletero, rey —contestó.

—Mis mayores disculpas, no me había percatado. *Merci* —añadió.

«¿Rey? ¿Qué rey? *Roi* del café, de paladearlo con sabiduría, a lo sumo. Como el del colombiano Diego Campos. ¡Qué café el de Campos, *mon Dieu*! Esta pacata no tiene idea...no tiene idea», masculló para sus adentros.

«Soy un autor horizontal. No puedo pensar a menos que esté acostado, ya sea en la cama o estirado en un sofá y con un cigarrillo y un café en la mano. Tengo que inhalar y beber».

La frase de Capote lo reconfortó, pero no lo suficiente. Nada podría reparar el daño de unos cuantos malos sorbos de un café sin fe, ni siquiera la prosa de Maupassant o Flaubert a la siesta. Puso el teléfono en silencio y lo apoyó sobre la mesa para poder rascarse la cara con sus dos manos, le picaba mucho. La nube revuelta producto de la recalentada ahora había desaparecido y la borra parecía darle una señal clara: su desayuno fue una *merde*. Levantó el brazo tres, cuatro, cinco veces... en busca de la proeza de pedir la cuenta. Pero no. No lo logró. Caliente, tal como nunca llegó su intento de latte, y con el ritmo cardíaco disparado, se acercó a la moza que estaba a las risotadas con una pareja en otra mesa.

—Sentime una cosita, reina... no te pedí una ratatouille, ni que me hagas una monografía de la *belle époque*. Te pedí un café con leche con dos medialunas —disparó en un sorprendente y perfecto español.

—Perdón, pero no sé de qué habla, señor. Me pidió un latte con tostadas… y que se lo caliente porque estaba frío —devolvió sin perder la compostura laboral, pero con voz firme.

—Sentime una cosita, pendeja... ¿a vos te pagan para responder o atender? Me trajiste lo que se te cantó el orto porque no anotaste un carajo. Quiero hablar con tu jefe.

—No está.

—Sentime una cosita, pelotudita. Entonces el desayuno de garompa este lo voy a pagar el día que esté el boludo de tu jefe.

Todavía furioso, volvió a su mesa. La opresión en el pecho ya no lo dejaba respirar con normalidad. Tomó su abrigo con una mano, agarró el celular con la otra y llamó al psicólogo, que lo atendió de inmediato.

—Juan, por fin. ¿Juan, dónde estás? ¿Estás bien, Juan? ¡Juan!

—Sentime una cosita, intento de Wertheimer del conurbano, cacho de Kohler del subdesarrollo, pedazo de

Koffka tercermundista, me tenés los huevos llenos con las meditaciones guiadas y los mantras. Que la sesión de ayer te la pague Kurt Lewin, forro.

—¡Estás teniendo otra crisis, Juan! ¡Respirá! ¿Dónde estás? ¡No te llamás Sebastièn, no sos francés, te escapaste anoche de la clínica psiquiátrica y SOS ALÉRGICO AL CAFÉ!

Sanguchitos de aire con mayonesa

(coautoría con Nicolás Jorge)

Llovía. Mucho frío y viento. «Nunca más me quejo del calor», pensó Elías mientras sorteaba los molinetes de la estación Congreso de Tucumán. En el país, la cosa estaba peluda, la soga apretaba más de lo normal. Con sus cortos pero muy curtidos 32 años, venía cada mañana desde José León Suárez a probar suerte a la Capital. Por sus pagos, lo esperaban cada noche su señora Marisa y los mellizos Alan y Nicole. Dos mocosos hermosos que por suerte ahora estaban bien, pero que la tuvieron brava en el parto. Zafaron de milagro. Por eso, religiosamente, cada viernes pasaba a saludar y agradecer a la gente de la salita por haberle salvado las criaturas.

Caja al hombro, encaró el primer vagón como solía encarar la vida, poniéndole mucho huevo. Al canto de «Guaymallén dos por $150. Para la panza del caballero y la pancita de la dama, Guaymallén dos por $150», atravesó los primeros cinco vagones. Sin mucha suerte. Ningún pasajero siquiera lo miró, todos se encontraban sumergidos en sus celulares. Después de tres recorridos completos sin ventas, decidió que se quedaría en el centro. Quizás, mezclado entre turistas y oficinistas, podría cambiar la racha de la jornada.

«Estación Catedral, final de recorrido», lanzó el parlante. Salió a la calle y un viento helado y lateral le peinó el espeso flequillo. Llovía menos, pero llovía. Y la fresca no aflojaba ni parecía que lo fuera a hacer. Se subió el cierre de la campera lo más arriba posible, se puso la capucha, encogió el cuello lo más que pudo, cambió la caja del hombro derecho al izquierdo y arrancó a patear para Plaza de Mayo, mirando de reojo un contingente de chinos apelmazados debajo de una nube de paraguas que fotografiaban la Casa Rosada.

—¡Che, Elías, *jate jodé* y vení a tomar unos mates! ¡Estás hace dos horas mojándote como un *dolobu*! —El techito del revistero verde resguardaba al Turco que gritaba y le hacía señas con el Lumilagro bajo el brazo desde el puesto de diarios—. Acá estás, cabezón, tomá. Si te quedó dame uno de fruta y el otro es *pa' vo* —dijo y le arrimó el asa de un prometedor y humeante mate enlozado, y los billetes con el cambio justo. «Buena gente el Turco», pensó Elías y le siguió la corriente de su religiosa charla futbolera y sus recuerdos de sus épocas de wing derecho y de cuando estuvo a punto de ser transferido al fútbol europeo. Nadie daba fe de eso, pero bueno. El Turco era el Turco.

Con algo caliente en la panza, Elías se despidió. Ahora encaró para Florida, pero primero tuvo que desviarse unas cuadras porque la plaza estaba vallada y colmada de gente. Banderas, bombos, gritos, música y caras largas: olorcito a Buenos Aires.

—¿Quiénes son? —le preguntó al primer policía que se cruzó.

—Los docentes, reclamando aumento —respondió.

La idea de quedarse lo entusiasmó a tal punto que se metió entre la gente al canto de «Guaymallén dos por $150. Para la panza del caballero y la pancita de la dama, Guaymallén dos por $150.

Después de más de dos horas de caminar entre guardapolvos sin vender un solo alfajor, Elías se rindió. Apoyó la caja en el pasto. Se palpó el bolsillo y sacó todo lo que tenía adentro con la esperanza de que mágicamente los billetes se hubieran multiplicado, pero no. Nada más los 150 pesos de los alfajores que le había comprado de lástima el Turco, y el envoltorio vacío de un chicle. Guardó los billetes, dejó caer el papel del chicle al pasto y empezó a mirar para todos lados: la caja de alfajores ya no estaba. Pensó en gritar. O avisarle a un policía. O correr. O insultar. Pero sólo lloró. Lloró un buen rato sentado en el cordón de una vereda hasta que tomó coraje, fue a un supermercado y compró un sobre de mayonesa. Cuando volvió al puesto de diarios, el Turco le arrimó el asa de un prometedor y humeante mate enlozado. «Buena gente el Turco», pensó Elías y le siguió la corriente de su religiosa charla de política, de sus recuerdos de una Argentina más segura y de cuando estuvo a punto de ser concejal de Lomas. Nadie daba fe de eso, pero bueno. El Turco era el Turco.

Con algo caliente en la panza, Elías se despidió. Ahora encaró para José León Suárez dónde lo esperaban su señora Marisa y los mellizos Alan y Nicole. Gracias a la protesta, pudo colarse en el subte. Tenía un largo camino para pensar en cómo decirles a esos dos mocosos hermosos que esta noche papá iba a tener que preparar sanguchitos de aire con mayonesa, otra vez.

El contador

(coautoría con Nicolás Jorge)

«Vos contame absolutamente todo», recordé las palabras de Fermín. Bajé un poco la ventanilla, el calor me estaba aturdiendo. Tenía una misión. No podía fallar. Subí el volumen de la radio. Conté los avisos de la tanda publicitaria. Fueron tres. Me reí del último slogan «Se necesitan clientes, no hace falta experiencia». Estacioné en Pasaje Castex, detrás de una larga fila de autos. Doce, para ser preciso. Saqué de la guantera el Paco Rabanne y me eché cuatro veces. Dos en el cuello y dos en las muñecas. «¿Quién me va a oler las muñecas?», pensé. Las junté. Las froté. Y me bajé del auto. Conté los pasos hasta el salón: 1429.

Reconocí enseguida la música de la recepción: *The first, my last, my everything*. Me acomodé el saco, rememorando que ese álbum de Barry White tenía doce canciones. Aclaré la voz y dije «Rolando Abel Salvatierra», para que me indicaran el número de mesa. La espera me inquietó. Igual, ya había espiado la lista. No alcancé a ver la cantidad total de invitados, pero sabía que me tocaba la mesa doce con Elvira y Carlos, tíos abuelos de Fermín.

—Mesa doce, señor —dijo la muchacha, sonriendo—. Adelante.

Todavía camino a la mesa, empecé a contar los

masculinos de corbata. Veintitrés hasta ese momento. Me peiné la barba con las manos y me senté en la única silla libre. Saludé en general «Buenas noches». Quince rosas en el centro de mesa. Siete blancas y ocho en color té.

—¡Buenas noches, somos Elvira y Carlos! —respondió una señora—. ¿Usted qué es de Fermín y Poli? —preguntó.

—Rolando, un gusto. Soy el contador de Fermín —respondí, aprovechando para contarle los anillos de ambas manos, tres en cada una, seis en total. Recién ahí pude mirarla a los ojos. Se había extralimitado con la sombra y no dejaba de parpadear. Parecía sufrir cada vez que lo hacía. Las contracciones eran involuntarias. Conté cuántos pestañeos duró la charla: treinta y ocho. Fijé la mirada en Carlos, su marido. Ensimismado, reordenaba —con precisión quirúrgica— la disposición de sus cubiertos, buscando que quedaran a la misma distancia del plato. Intentó también hacerlo con los de Elvira.

—No empecemos, Carlos, eh —lo retó. Hice de cuenta que no escuché. Me serví agua.

De pronto, arrancó la música e ingresaron los novios. «¡Sinatra!», adiviné. Mientras todos aplaudían, recordé *The way you look tonight*. Puesto número cuarenta y tres de las cien canciones más representativas del cine estadounidense. La compusieron para la película *Swing time*. Arrancó la primera tanda de baile. No tenía ganas de bailar, pero debía saludar a Fermín. Me acerqué, lo abracé y le dije emocionado: «Es hoy, al fin». Me miró, asintió con la cabeza y me palmeó el hombro. Aproveché el entusiasmo del momento para completar la cuenta pendiente de los masculinos con corbata. Ascendió a cuarenta y nueve. Fueron cuarenta y cinco minutos de canciones actuales, todas bailables.

Primer impasse. Todos a la mesa. Nos reacomodamos en nuestros lugares asignados. Ahora sí, después de relojear todo el salón, precisé 185 invitados y me alegró saber que la inasistencia era inferior al siete por ciento, lo que hacía una buena amortización de los gastos incurridos.

—Señor… ¿tinto o rosado? —me sorprendió un joven mozo por mi derecha. Tenía dos tatuajes visibles. Un pequeño San La Muerte en su mano y el nombre Isabella escrito en gótico en el antebrazo.

—Con agua estoy bien, gracias —respondí. Fijé la mirada en un invitado de mi mesa que acaparaba la atención del resto con una charla anodina sobre sus vacaciones en Europa. Cinco veces dijo «primer mundo» y tres, «es para quedarse a vivir».

Sentí unas manos familiares en mis hombros. En realidad, tres. Dos de Fermín y una de Poli que se aproximaron por detrás para saludarme y sacarse la foto con la mesa. Antes de irse, Fermín se acercó y me dijo al oído: —Todo igual. Como dijimos. Durante el carioca, antes de la pata flambeada.

Seguro que abren con *El murguero* y *Los piratas* de los Decadentes, pensé mientras disfrutaba del brownie tibio con bocha helada de americana y praliné de pistachos.

—¡¿Dónde están esos tramposos y tramposas esta noche?! —anunciaba a los gritos el engolado animador de la fiesta. Adiviné otra vez. No era *El murguero*, pero esos eran los primeros acordes de *Los piratas*, sin dudas.

Tres mesas con rueditas empujadas por seis mozos desplazaron al centro de la pista nueve bolsones de friselina con cotillón. De fondo, apareció Fermín, luciendo un gorro de Boca en los hombros de su amigo Oscar; y Poli hacía lo propio con un gorro de Lanús, arriba de Lucio.

«Es ahora», pensé y sin acercarme demasiado a la pista, divisé los tres mozos que ya estaban perfectamente ubicados. Saqué el pañuelo de seda color lavanda que asomaba del bolsillo de mi saco slim fit y me sequé la transpiración. Esa era la señal. Luz verde.

Los tres mozos infiltrados ejecutaron el robo en 132

segundos con un saldo de nueve disparos: tres en la pared, uno en el techo espejado, otro en la mano de un niño, otro en la pierna de uno de los cuarenta y nueve masculinos de corbata y tres en Poli: uno en el hombro y dos en el pecho. Bailando arriba de Lucio fue un blanco fácil.

Sin padres en este plano. Sin hermanos ni hijos, el único heredero de la administración de las quince mil hectáreas de campo es el incipiente novio. Formalmente marido hace ya seis horas y cuarenta y cinco minutos. Ahora, flamante viudo.

Con la intervención de la policía, la ambulancia y la científica, el paisaje del salón mutó de escena inédita de la trilogía *El Padrino* a *Crime scene*. Me acerqué a Fermín que lloraba abrazado a Tina, la mejor amiga de Poli. Puse mi mano en su pelo, como una suerte de pésame improvisado. Él posó su rostro en mi antebrazo. Me abrazó. Secó sus lágrimas, que tanto conocía de las clases de teatro, y antes de irse me dijo por lo bajo:

—Qué bien olés, gordo. Ese Paco Rabanne me puede.

Mermelada de frutillas

Corté el teléfono, todavía en shock. Apoyé el frasco de mermelada de frutillas sobre la góndola como pude y salí corriendo. Paré un taxi. Recién adentro, me percaté del ruido que hizo al estallar. Me impresionó imaginar ese frasco cayendo al vacío. El enchastre que habrá hecho la mermelada. Cerré fuerte, todavía pensando en las palabras de Viviana, pero más en la mermelada.

—¡Uh, perdón! Vamos hasta Virrey del pino y Amenábar.

—Belgrano, ¿no? —preguntó el taxista, mirándome por el espejo retrovisor.

Asentí y me desplomé en el asiento. Me puse las manos sobre la nuca. El taxista se alertó. «¿Todo bien, pibe?». Volví a asentir. Bajé los brazos para disimular un poco y la pierna izquierda se empezó a mover sola. «No, ahora no, por favor», le rogué a mi inoportuno síndrome.

Cuando llegué, Viviana me esperaba abajo. La reconocí enseguida. La tenía vista de uno de los portarretratos del consultorio. Me escupió con la mirada. Sentí su asco en mi frente.

—¡Está arriba! ¡Estoy desesperada! ¡No sé qué hacer! Te está esperando, no quiere hablar con nadie más.

La situación me incomodó. Preferí no decir nada. Al fin y al cabo, siempre me había hablado bien de ella y no era el momento para escándalos. El ensordecedor ruido del ascensor habló por nosotros. Miró cómo me temblaba la pierna y desvió rápido la vista. Me di cuenta de que se dio cuenta. Sentí que odiaba conocerme, pero que me conocía, incluso más de lo que quería. «¿Sabrá todo? ¿Habrán limpiado ya la mermelada?», pensé.

—Nos falta un piso más, el ascensor no llega hasta allá —explicó. Subimos la escalera caracol lo más rápido que pudimos. Cuando atravesamos la primera de las dos puertas de hierro forjado, lo vi, de espaldas, con las manos en los bolsillos. Con el traje. Impecable, como siempre.

—Dejanos solos, por favor —soltó, con calma, al aire.

Confundido, respondí: —Lo espero abajo y en todo caso habl...

—¡No, vos no! —interrumpió—. A vos te hablo, Viviana. Andate para casa.

Viviana agachó la cabeza y se fue sin decir nada. En ese momento, supe que sabía todo. Sentí el corazón estrujado como una pelotita antiestrés.

—Te extraño. No me quedó otra alternativa. Dejá de mover la pierna, ¿querés? Respirá hondo, dale. Ya lo hablamos. Lo que te pasa... lo que pensás, está todo acá —aseguró, señalándose la cabeza.

—¿Me habla de la ansiedad? —cuestioné, sin estar convencido, y pensando que también aplicaba a mi reciente obsesión con la mermelada—. Bájese de ahí y lo hablamos bien. Esto es un papelón. ¿Cómo le va a explicar esto a Viviana? Además, necesito contarle sobre un pensamiento recurrente que estoy teniendo.

Respiró hondo y soltó: —Perdón, pero no doy más. Vamos a tener que reagendar la sesión de mañana.

Se generó un silencio, uno de los tantos que compartimos. Durante esos segundos, no pude dejar de pensar en la estrepitosa caída de la mermelada. Después, cuando se acomodó el pelo, pasándose la mano por el flequillo, estirándolo como si estuviera jugando con plastilina, imaginé lo peor. Conocía bien sus impulsos. Lo conocía mucho. Yo también llevaba años analizándolo. Le costaba horrores dar por terminadas nuestras charlas. Lo ponía muy nervioso, inseguro. Y ese estrés lo manifestaba acomodándose el pelo antes de tomar una decisión.

De repente, se dio vuelta, me miró fijo, empezó a caminar hacia atrás, acercándose cada vez más a la cornisa, y preguntó:

—¿Te parece que por hoy dejemos acá?

Y yo no pude contestar nada, no supe. Sólo me acuerdo del ruido que hizo al estallar. Me impresionó imaginar ese frasco cayendo al vacío. El enchastre que habrá hecho la mermelada.

Bromas pesadas, sólo al que las hace le agradan

Salieron los tres, riéndose. Basilio no se reía seguido. Menos adelante del jefe. Se dieron la mano, el jefe se metió en la oficina y ellos encararon para sus boxes. A Fausto le pareció raro, pero eligió mostrarse relajado. Mantener su personaje. Su intensidad habitual. Se acercó, sigiloso, por atrás, y le pegó un tremendo churrasco a Basilio, quien sólo atinó a encogerse de hombros. Empezó a silbar. Frenó y preguntó:

—¿De qué se reían antes, olfas?

—De tu cara de boludo —bromeó La Turca.

Basilio volvió a sonreír. Fausto no pudo contenerse y soltó con tono autoritario «¿Te reís de mí, aparato?». Basilio estuvo a nada de responder, pero soportó en silencio. Fausto lo acompañó a la silla y —conteniendo la emoción— le pidió que le pasara la abrochadora. La Turca se mordió el labio inferior, sabía lo que se venía. Basilio cerró los ojos. Respiró hondo. Abrió el cajón y se encontró con su abrochadora adentro de un bol lleno de gelatina de cereza. Riéndose irónicamente, Fausto completó «Bromas pesadas, sólo al que las hace le agradan». Basilio no sabía qué le resultaba más insoportable: si las bromas o el refrán estúpido que siempre las acompañaba.

La Turca lo retó: —Sos un nene, Fausto.

—Un nene muerto tengo entre las piernas —contestó, dejando caer una mano en peso muerto y balanceándola de un lado para el otro. La Turca ignoró la guarangada y se puso a trabajar, dándole la espalda. Basilio agarró la gelatina y fue para la cocina. Cuando volvía con la abrochadora limpia, la Turca le consultó si tenía todo preparado para la reunión de la tarde con el sindicato de juegos de azar.

—Sí, Andrea, despreocupate, todo listo —contestó, entusiasmado.

Más de quince años trabajando juntos y nunca la llamó La Turca. Basilio era demasiado correcto. Jamás perdía las formas. A Andrea la quería... la admiraba. Además, era la única mujer de la oficina que no lo trataba como un lelo. Ni lo burlaba por sus polémicas camisas (siempre de mangas cortas). Ni se reía de su peinado a la gomina.

Fausto asomó la cabeza desde su box y cuestionó «¿Desde cuándo esa cuenta la maneja Basilisco?». Ninguno le respondió. No ser el centro de atención lo superaba. Se acercó, lo felicitó.

—Bien ahí, Basilisco. —Lo despeinó.

«Ni debe saber lo que es un basilisco este ignorante», pensó Basilio, acomodándose el pelo. Las bromas cada vez eran más frecuentes y pesadas. La semana anterior aprovechó algunas excursiones de Basilio al baño para pegarle el mouse al pad y el pad al escritorio con adhesivo, aflojarle los tornillos de la silla y decorarle la pantalla de la PC con post its plagados de penes dibujados.

Basilio creyó que Fausto se terminaría aburriendo, pero no pasó. Años atrás, tomaba coraje y, cada tanto, lo enfrentaba. Estuvieron cerca de llegar a las manos varias veces. Pero aflojó con esa postura cuando la gerencia lo obligó a ir tres veces por semana a un taller de manejo de la ira.

—¿No tiene una reunión el quetejedi? —interrogó Fausto a La Turca, subiéndose la bragueta, y señalando con la cabeza a Basilio.

—Tenemos —corrigió ella—. Voy con él. El jefe me pidió que le haga la segunda. Es su primera cuenta grande.

—Se están mandando una cagada bárbara. Basilio es un bicho de escritorio —advirtió.

Un rato después, el jefe se acercó al puesto de Fausto y le pidió que fuera a su oficina. Este imaginó una charla de las suyas. Capaz le contaba cosas chanchas de La Turca. «¿Será cierto el rumor sobre el apodo?», rio por dentro.

—Fiera, necesito que me salves. ¿Podés hacerte una escapada a la casa de Basilio? Parece que le agarró un ataque de pánico antes de entrar a la reunión. La Turca lo tuvo que llevar a la casa. Me dijo que no lo puede controlar. ¡Dale una manito con eso!

«¿A quién carajo se le ocurre darle una responsabilidad así a ese muñeco?», es lo que hubiera contestado, pero se limitó a decir «Sí, voy para allá». Salió embalado de la oficina. El jefe agarró su celular y envió «Ahí marcha el paquete».

—¡Atendeme, Turca, la puta que te parió! —insultó Fausto al contestador. A Basilio no lo tenía agendado. Ni se acordaba la última vez que habían chateado, pero sí estaba seguro de que le había mandado algo morboso. Basilio era muy sensible. «Fue el único que lloró en el casamiento del jefe», recordó. Y cayó en la cuenta de que, sin Basilio, el trabajo sería muy aburrido. Incluso sintió que lo apreciaba. «Le debe pasar algo parecido», reflexionó.

La dirección la sabía de memoria porque, tiempo atrás, le había enviado un consolador por correo. Basilio nunca contó nada en la oficina, pero él estaba seguro de que lo había recibido, porque llamó por teléfono al correo para asegurarse.

Estacionó en la puerta del edificio, bajó del auto y se topó con La Turca, que venía con una bolsita blanca.

—¿Y el chiflado?

—Me pidió un miorrelajante, pobrecito. ¡Se siente mal! ¡Por un rato no lo jodas!

No contestó, pero dijo que sí con la cabeza.

La Turca intentó abrir el ascensor cuando todavía no se había detenido del todo.

—Sabés que soy media claustrofóbica —se excusó para disimular la ansiedad.

Fausto cambió de tema y sólo atinó a decir: —¿Te dije o no te dije que esta idea era una huevada?

La puerta del departamento estaba abierta.

—¡Te trajimos la papota, Basilisco! —gritó, rompiendo el silencio que reinaba adentro.

Nadie contestó. La Turca señaló la pieza con los ojos, pero se quedó en el living. Pensó contar los segundos que tardaría Fausto en gritar. Pero le pareció más útil encenderse un pucho. Los alaridos superaron sus expectativas. Se alegró por Basilio, imaginó cuánto lo estaría disfrutando. Entró el jefe, miró a La Turca y empezaron a reírse a carcajadas.

—¿De qué se ríen, pelotudos? ¡Hay que llamar a la policía! —gritó Fausto, incrédulo.

El jefe, tentado, codeó a La Turca. «Mirale la cara, mirale la cara». Fausto se llevó las manos a la boca y se desplomó en el sillón. La Turca apagó rápido el cigarrillo y fue a buscar a Basilio para disfrutar juntos del éxito de la broma. El jefe la siguió. Fausto escuchó los gritos de La Turca y vomitó. El jefe, todavía perturbado por la retorcida última imagen de Basilio, volvió al living con un papel doblado en cuatro que decía «Fausto» y se lo entregó. Este abrió el papel y temblando leyó: «Bromas pesadas, sólo al que las hace le agradan. Te espero en el infierno, flor de sorete».

Gurú

Creí tener el don para reconocer chantas. Identificarlos rápido, como la intro de *The final countdown* o como al que juega bien a la pelota. Pero estos tipos ahora están por todos lados y se hace difícil sacarles la ficha. Aprovecharon la pandemia para desparramarse todavía más. Igual que el bicho de mierda este. Con estos tipos pasa lo mismo, parece que no se van más. Engrosan la billetera y la lista de modas pasajeras «encontrando tu mejor versión». Dicen tener la solución para tu vida. Para esta, la que pasó y la que viene; pero lo único que hacen es echarte la culpa. Vos sos el problema. Vos, que te gastaste los pocos mangos que tenías guardados para comprar su librito, sos el problema. No se hacen cargo de la falopa publicitaria y poco realista que venden: «cambios inmediatos», «pasos fáciles de seguir». ¿Y? Y cuando te despertaste de ese ensueño, todo sigue igual. Apenas un bienestar temporal, un pedo líquido. Algo pasajero que no lográs sostener. ¿Y de quién es la culpa? ¡Tuya, claro! Ahí está, otra vez. Están cortados con la misma tijera que los del clima. ¡Dios mío! Haceme caso: si un meteorólogo te dice que está para piloto, ponete musculosa. ¡La misma mierda! Cursito online de energías.

Seminario de crecimiento personal. El arte de vivir. Cambiá tu vida. Cree en ti. Sé vos mismo. Visualizá el éxito. Te vas metiendo en un círculo, y una vez adentro, la tenés adentro. Bien adentro. Compraste algo porque estabas mal, hiciste lo que te dijeron y, como no pasó nada, ahora tenés más razones para creer que estás mal. «Me vi la peli *El secreto* y me cambió la vida». ¿Por cuánto tiempo? Decime, ¿cuánto te duró? ¿Cuándo te diste cuenta de que colgando imágenes con chinches en un corcho no ibas a lograr nada, que tenías que tomar decisiones y accionar para alcanzar tus objetivos? Y si estoy así de caliente es porque me pincharon la burbuja. Porque no me la vi venir, como la piña de Locomotora a Jackson. Si bien miraba a los gurú de reojo, con Ravi Kiran me pasó algo distinto. Di con su libro de casualidad, hueveando en Instagram apenas arrancó la pandemia. *Sea amable, casi nadie la está poniendo.* El título me conquistó, me sedujo. ¡Cuánta sabiduría! Lo compré para leer en la notebook y me lo devoré entero en una noche. La mañana siguiente practiqué tantra solo, mirando la pared. ¡Qué experiencia intensa… sagrada! Me envolvió un nivel de consciencia tan elevado que terminé cachondo con el revoque fino. El capítulo *Comé lentejas, dejá las ovejas* también logró conmoverme, a tal punto que me hice vegano. Entendí que aquel que es brusco con a los animales, también lo es con los hombres. Aprendí a ordeñar almendras y dejé en paz a las vacas. ¡Una verdadera revolución orgánica!

Conseguí el teléfono de un aprendiz argentino del Ravi, pero me dio miedo. Me sonó a chantada y al principio me quedé en el molde. Intenté comunicarme con el templo allá en Ranakpur. Me atendieron, pero no entendí un carajo. Al final hablé con este tipo, el aprendiz, y me contó que justo esa noche el Ravi iba a hacer una meditación guiada por

Zoom. ¡Qué lindo que fue! Las vibras. Buenas vibras. Hasta el culo me vibró con el precio, pero lo valió. Sí, admito que fue raro ver que el Ravi no hablaba ni se movía. Parecía una foto. Estática. Pegada a la cámara. La conexión tal vez no ayudó demasiado. La despedida también fue algo abrupta y la cámara se apagó bastante antes de tiempo… pero la meditación fue muy efectiva.

El mes pasado ascendí a gran maestro. Me llegó una carta desde el templo con la firma del Ravi. ¡Qué nivel! Fui hasta lo de mi hermano para que mi sobrino, que la tiene clara con el inglés, me la leyera. Me felicitaban por mi ascenso meteórico y me agradecían los donativos mensuales. El lunes me rapé a cero. Bocha total. Más higiénico, menos quilombo, menos gasto en champú. Me hace la cara un poco redonda, sí. Parece que anduviera todo el día con la cámara frontal del celu prendida. ¡Qué vergüenza! Igual no tanta como la incursión tendencia del último retiro: asolearnos el ano. Para el Ravi resultaba vital dejar descubierto el recto un rato todos los días para que el punto P recibiera vitamina D. Todo marchaba bien hasta que anoche, después de tomar mi jugo de remolacha y sahumerio de lavanda, se me ocurrió dejar la tele prendida, sin volumen, e ir al baño. Tardé bastante porque con la túnica era un quilombo. Cuando volví, me senté en loto y un mosquito empezó a molestarme. Abrí la ventana y le pedí con amabilidad que dejara de contribuir al círculo de violencia, que se fuera en paz. Recién ahí fijé la vista en el título de la noticia: «El gurú fiestero». Subí rápido el volumen. Las imágenes, escalofriantemente carnívoras. Ravi Kiran masticaba con la boca abierta una hamburguesa de la cadena más conocida, mientras le ponía kétchup en las voluptuosas nalgas a una joven que bailaba reggaetón. «En las últimas horas, habrían realizado múltiples denuncias por abuso sexual contra el líder espiritual indio», decía el periodista, acompañando las imágenes de lo que fue una terrible festichola. Un quilombo hermoso. Apagué la tele. Me saqué la túnica. Maté el mosquito que no quería dejar de romperme las pelotas. Pedí una milanesa a caballo. Agarré el libro del Ravi. Salí al balcón en bolas y, al grito de «Yo soy mi propio gurú», lo revoleé lo más lejos que pude.

Déjà vu

Despertó rodeado de agua. Sabía qué hacer. Y cómo. Estaba confiado y feliz. Nunca perdió el sentido de la distancia. Miró fijo la pared de la pileta a través de las antiparras. Giró en el momento exacto. Hizo la vuelta de campana perfecta. Comprobó la textura de la pared. La sintió con sus pies. «Sólida y lisa. Competencia importante», pensó. Nunca dejó de nadar. El griterío del público, cada vez que salía a respirar, lo entusiasmaba. Lo llenaba de adrenalina. Y de ganas de ganar. Hacía mucho no se sentía tan conectado con su cuerpo. Lo perseguían, pero todos de atrás. Nadie podía alcanzarlo. Batió sus pies como si estuviera compitiendo por primera vez. Sintió un plus. El sistema de drenaje tenía algo diferente. Las ondas regresaban al centro de la pileta y favorecían su potencia. Las cuerdas amarillas con flotadores que dividían los andariveles y sus líneas de colores pasaban volando. Le costó reconocer el natatorio. Pocas veces había competido en una piscina tan rápida. La consistencia flotante del agua y su resistencia lo deslumbraron. Percibió las cuerdas con banderines y se dijo «Cinco metros más». Divisó el símbolo de los anillos olímpicos en una de las paredes, detrás del podio. Y empezó a verlo por todos lados. En gradas, remeras, banderas. Se motivó todavía más. Cada impacto en el agua le traía paz. Dejó la vida en las últimas dos brazadas. Tocó la pared. Miró a sus costados. Sin rastros de sus competidores. Sintió la ovación. Se incorporó. Sus lágrimas se mezclaron con el agua de la pileta. Abrió los brazos de par en par. Miró para arriba buscando cielo. Encontró tope en el techo de policarbonato transparente. Lo sorprendió semejante infraestructura. Se ayudó con los brazos para salir de la pileta. Se paró arriba de la plataforma. Se sacó el gorro de látex. Se puso las ojotas. Agarró la bandera nacional. La colgó sobre sus hombros y empezó a caminar hacia el podio. Y en medio de la algarabía, las luces de los flashes comenzaron a disiparse. Los aplausos también. La oscuridad tomó protagonismo. Después, el silencio. El vacío.

Volvió a despertar. Ahora, aterrorizado. En una cama. Intentó gritar. No pudo. Tenía la piel fría y húmeda, como si siguiera metido adentro del agua. Movió las piernas. Le dolieron los huesos. Todos. El bip del monitoreo le pareció fortísimo. Contrariado, se palpó la cara y se topó con un tubo helado que salía de su nariz. Su ritmo cardíaco era tan frenético como el de sus heroicas brazadas. Estaba confundido. La habitación era blanca, completamente. La cama. Las máquinas. Las sábanas. Escuchó ruidos. Sistemas de ventilación. Televisores. Camillas. Voces. Reconoció siluetas del otro lado de la puerta. Se miró. Estaba desnudo. Le costó reconocer su propio cuerpo. Tenía el pecho lleno de parches. Empezó a recordar los motivos de su dolor. Se familiarizó con su estado. La presión sobre los nervios en los huesos de sus piernas le resultaba insoportable. Tosió como si se estuviera ahogando. Se intensificó el dolor en la espalda. También en el cuello. El dolor lo fatigó. De golpe, sintió un ardor en el abdomen, un ardor terrible como si le hubieran tirado aceite hirviendo. Escuchó pasos fuertes. Entraron dos enfermeros con una camilla. Hablaban. «Pensar que este viejo fue campeón olímpico», le dijo uno al otro. Sintió que lo levantaban de las axilas y de las piernas. Cayó en algo duro. Recordó lo que le dolía cada vez que se le comprimía la médula espinal. Le dieron ganas de vomitar. Mientras la camilla se movía, el dolor iba y venía. El rechinar de las ruedas frenó. Lo pusieron de costado. Se miró el brazo por encima del hombro. Lo tenía lleno de marcas. Se pasó la lengua por los labios. Estaban secos, agrietados. El sabor metálico de la sangre seca le pareció extrañamente familiar y delicioso. Se acercó una enfermera dándole pequeños golpecitos a una jeringa. La tensión del aire se rompió y las gotas subieron a la superficie. Se quedó hipnotizado ante esa ampolla. Su purga. Abrió los ojos grandes, mientras sentía cómo el líquido nadaba en el interior de su brazo. Se fueron los dolores, se fueron los pensamientos. Lo envolvió el sonido relajante del agua, como de una cascada. Cerró los ojos, y volvió a la ceremonia de premiación. En el podio. Ya tenía la medalla puesta. La tomó con su mano izquierda. La besó. Y ese sabor metálico le provocó un escalofrío que lo recorrió entero.

Repasar

(Nicolás Jorge)

—¿Y, corazón? ¿Cómo te fue en Lengua? —me preguntó con su dulzura habitual.

—¡Me saqué un sobresaliente, abu! —respondí, feliz.

—¿Y qué te había dicho la abu? —indagó como si estuviéramos repasando para un examen que debía saberme de memoria.

—¡Que si me iba bien, me dabas los Sugus! —grité, ansioso.

Largó esa risotada tan característica y se puso a entonar su tango preferido de Julio Sosa para despistar a mamá y maquillar cualquier ruido. «*Nada queda en tu casa natal, sólo telarañas que teje el yuyal*». Sin dejar de mirarme, tanteó abajo de la mesada, abrió el segundo cajón, hurgó debajo de los manteles y sacó una bolsita de nylon.

—Tomá, mi amor, ya te saqué los de menta que no te gustan. —Frenó la trayectoria de la entrega preciada sólo para mirarme fijo y susurrarme—: Comé dos o tres nomás, en un rato está la cena y si se entera tu madre me mata.

Esa era Blanca, mi abuela. Alegre, cómplice… generosa. Con su batón rosa estampado con flores blancas, delantal curtido y siempre —pero siempre eh— el repasador enganchado a la cintura. Eso no podía faltar. Sacarle el repasador a mi abuela equivalía a cortarle el pelo a Sansón o robarle el chipote chillón al Chapulín Colorado. Era su arma y refugio. Ahí envolvía las manos cada cinco minutos. Para secarlas, limpiarlas, cargar energías o lo que sea que hiciera con ellas. Cortaba dos papas, repasador. Ponía la pava, repasador. Se anotaba algo en su agendita, repasador. Te daba un beso, repasador.

Yo era muy chico. No entendía bien quién era ese tal alzhéimer del que empezaron a hablar un día, ni por qué susurraban su nombre cada vez que la abuela andaba cerca. Para mí, era un tipo misterioso de apellido raro que le hacía daño cuando no había nadie en casa.

Un día, tocaron la puerta muy temprano, era de noche todavía. Victor, el verdulero de la esquina, traía agarrada del brazo a la abuela. Dijo que estaba descargando los cajones que llegaban del Mercado Central y se la encontró petrificada en la vereda. Unos días después, preguntó de la nada por el abuelo que había muerto antes que yo naciera y se hizo pis en la mesa sin darse cuenta. Finalmente, un domingo, el tío y mamá se la llevaron apurados al hospital. Era tarde. No entendía por qué mamá estaba tan insistente en que la saludara, pero lo hice. Le di un abrazo y le recordé que al otro día tenía prueba de Ciencias Naturales. Me besó la frente, me devolvió el abrazo y me dijo «Si cuando llegás del cole todavía no volví, fijate donde ya sabés, pero no digas nada». Me miró con los ojos cansados, que ya no tenían el brillo de siempre, y remató «Te amo, tesoro».

A la mañana, no me levantaron para ir al colegio. Me desperté porque escuché mucha gente en la cocina. Estaban papá, mamá, tíos y hasta una de mis primas. Era muy chico, pero enseguida entendí que la abuela ya no iba a volver más.

No pasaba el metro cincuenta. Era minúscula. Después de bañarse, con los pelos mojados, monedas en los bolsillos y viento a favor, debería llegar —como mucho— a los cuarenta y cinco kilos. Pero cuando ya no estuvo más, ese pequeño espacio físico que ocupaba nada lo pudo llenar. Lo que tampoco se olvidó nunca de llenar fue ese segundo cajón. Y lo comprobé esa misma tarde.

—Feli, tráeme unos manteles que van a venir tus tíos de Baradero.

Aproveché el pedido de mi mamá para revisar el lugar secreto de la abuela sin que nadie sospechara. Abrí el segundo cajón, busqué debajo de los manteles y encontré un bollo de tela parecido a un repasador mugriento. Adentro, había una bolsita llena de caramelos Sugus, algunos sueltos de menta y una hoja arrancada de una agenda con su inconfundible letra:

LA DE LA MEMORIA, 13 hs - 1/2 pastilla, la azul
LA DEL CORAZÓN, 13hs - 1 pastilla, la rosita
LA DEL RIÑÓN, antes de dormir- 1 píldora
Lunes [NO OLVIDAR], examen Ciencias Naturales de Feli

Buenaventura

(Nicolás Jorge)

—¡CORTEEEEE! —grita el productor—. Muy bien, chicos. Tenemos seis minutos. Descansen un toque. Colo, retocale la frente a Lorenzo que da brilloso. Lo quiero más mate, porfa.

Lorenzo Cristóbal Buenaventura, popularmente conocido como Lolo, ícono de la televisión y el periodismo argentino. 65 años, 47 en actividad. Arrancó como movilero de *Wing derecho*, un programa radial de fútbol. Le hacía notas a los protagonistas cuando terminaban los partidos, pidiendo que recuerden y describan alguna jugada puntual del cotejo. Ahora, está en la temporada número 21 de *Mirá quién habla*, el noticiero más visto de la tevé.

Con los ojos cerrados, mientras la Colo le retoca la frente con un poco de base, le dice a su compañera de conducción:

—La próxima, esperá que te dé el pie, ¿ok?

—Perdón, Lorenzo, no me di cuenta de que te pisé —responde sumisa su compañera de atril.

—Perdón no, no hace falta. ¡Vos haceme caso que vamos a andar bárbaro! —agrega Lorenzo.

Florencia Torres mira su celular y levanta la vista, buscando alguna mirada cómplice. Intercambia mensajes con dedos veloces y algo nerviosa.

—Tranquila, chiquita. Nos pasa a todos.

Lorenzo sigue con los ojos cerrados, pero sus oídos experimentados perciben los gestos de su compañera. Ella no responde y sigue ensimismada en el celular.

Cuando la Colo se aleja con brocha en mano, aprovecha el hueco y desliza por lo bajo:

—Al final ¿qué hacemos? ¿Me vas a dejar llevarte a cenar o no?

—Te agradezco, Lorenzo, pero…

—Me podés decir Lolo te dije —la interrumpe.

—Lo sé, pero prefiero así. Te agradezco, somos compañeros de trabajo, nada más — agrega Florencia, muy respetuosamente.

—Mirá que este furgón pasa una sola vez ¿eh? — arriesga, insistente.

Florencia no responde más.

—¡Tres minutos! —grita el productor, comenzando la cuenta regresiva del corte.

Lorenzo se pone de pie con la excusa de estirar las piernas. Pasa por detrás de Florencia y le roza el cuello con el dedo índice. Ella no se inmuta, pero por dentro tiene arcadas. Siente su perfume Fahrenheit. Cada día lo siente más áspero y fuerte. Piensa que es demodé y le da asco cada vez que se acerca demasiado.

Al volver a su lugar, pasa por detrás otra vez y toca *accidentalmente* su pelo. A ella le da escalofríos. Tiene el reflejo de moverse rápido hacia adelante sin dejar de mirar el celular, escribiendo a toda velocidad.

—¿Cuánto te vas a hacer rogar, Flor? —Buenaventura suelta al chacal una vez más. Florencia no responde.

—Mirá que soy insistente —Lorenzo no frena.

Florencia bloquea el celular. Lo apoya en el escritorio boca abajo en el mismo momento que el productor grita «¡Un minuto para el aire!».

—¡Basta, Lorenzo, sos un asco! ¡No jodas más! Se

acabó. Ni hoy, ni mañana, ni nunca —suelta Florencia de un tirón, casi sin respirar, y como si a la fuerza de su voz se le hubieran sumado muchas otras.

—¡Cálmate, nena, cálmate y bajá la voz! Tenés las horas contadas ¿sabías, no? ¿Tenés idea de la cantidad de compañeras que tuve todos estos años? Susana Robledo, Sandra Bianchi, Mónica Aguirre… instituciones. Otras ligas para vos. —Lejos de quedarse con palabras en la boca, redobla la apuesta—. Ahora con toda esta movida de darle aire a las nuevas generaciones están haciendo cagadas. Ni el clima podés decir, así que mejor aprovechá tus quince minutos de fama porque estás de paso y agradecé que estás al lado mío, ¡te estoy haciendo un favor! —retruca Lorenzo, que se esfuerza por mantener la compostura y se seca el bozo con su pañuelo de seda color petróleo.

Un Lolo triunfal sonríe a la gente detrás de cámara y les dice «Felicitaciones, hacen un laburo fantástico. No quería dejar de reconocer su esfuerzo diario», y sin dejar de mirarlos, le dice por lo bajo a Florencia «Aprende, pendeja».

Florencia desbloquea el celular y su entereza.

—¿Vos un favor a mí? El favor te lo hice yo cuando no te denuncié la primera vez que te desubicaste, pero ¿sabés qué? Se te acabó la suerte. ¡Mirá, viejo verde, mirá! —le dice, mostrándole el celular.

En la pantalla se reproducía un video con secuencias de una cámara oculta en el camarín de Florencia. Podía verse cómo Lorenzo la abarcaba por detrás, tocándole la cola y acorralándola a pesar de su constante negativa.

Lorenzo queda petrificado.

—Dame eso, pendeja —agrega, inerte.

—Aunque te lo dé, ya está circulando por todos lados —responde aliviada y con los ojos brillosos.

—¡Treinta segundos, atentos en el estudio, por favor! ¡Abrimos el bloque con tu columna *Banca de la mujer*, Flor.

—Dame eso, ¿cuánto querés, hija de puta? —

Buenaventura suelta un manotazo de ahogado.

—Por favor, no seas ridículo ¿querés? —dijo Florencia, localizando con la vista detrás de cámara a instituciones como Susana Robledo, Sandra Bianchi, Mónica Aguirre y otras excompañeras de Buenaventura que la miraban agradecidas y admiradas de su valentía.

—¡Diez segundos y estamos, gente!

—¡Buena aventura te espera en Tribunales, Lolito! ¡No conducís más en la puta vida! Te vamos a hacer mierda. Mirá y aprendé cómo se hace una columna —cierra Florencia, limpiándose el maquillaje corrido y acomodándose los lentes.

—¡Todo tuyo, Flor! ¡AIREEEEEEEE!

Polillas

(Nicolás Jorge)

—Gordo, ¿ese no es Esteban? ¿Cómo era que le decías? ¿Pupi? ¿Popi? ¡Es él! —Carla me sorprendió sumergido en la góndola con dos limpiadores de piso en la mano. Intentaba elegir entre fragancia primavera y campos de lavanda.

—Mmm sí, puede ser. —Estaba seguro de que era él, pero decidí no mostrar emoción y seguir como si nada.

—¿Vos me estas jodiendo, boludo? ¡Andá a saludarlo!

—No, amor… pasó mucho tiempo. No me da. ¿Qué le voy a decir?

—¿Dejate de joder! ¿Cómo no lo vas a saludar? ¡Andá ya mismo, haceme el favor!

Sabía que no la iba a doblegar. La conozco demasiado. Era una batalla perdida. Me alejé de Carla algo dubitativo en dirección a Esteban, que hacía lo mismo que yo, pero con lavandinas en gel. Realmente, en el fondo, no quería ir a su encuentro.

—Pupi, ¿sos vos? —dije con tono simpático.

—¿Franco? ¡Franquito, no te la puedo creer! —Me pegó un abrazo enorme. Seguía tan expresivo como siempre. Sentí los ojos de Carla en mi nuca sonriendo de lejos al ver el espectáculo.

—¡Tantos años! Estás igual, eh.

—Vos también, Pupi. Bah, mucho mejor en realidad.

Más flaco, más atlético ¿no? —devolví gentilezas.

—Sí, me cuido bastante —agregó, restando importancia—. ¿Sabés las veces que pienso en vos? ¿Cómo puede ser que no tengas redes? ¡Pacato! —añadió.

Por detrás de mí, Carla se unió a nosotros:

—Hola, Pupi. Si espero a que este me presente cierra el súper. Soy Carla, la mujer. Me habló muchísimo de vos y del resto de los chicos del cole. —Siempre admiré las facilidades interpersonales de Carla. Le brota de los poros.

—¿Qué le habrás contado, Franquito? Quiero imaginar que habló bien, ¿no?, ¿o me mandó al muere?

—Habla maravillas de vos. Tiene un muy buen recuerdo tuyo —dijo, y yo sonreí, asintiendo.

Entre Mr. Músculos y Magistrales, estuvimos —por no decir estuvieron— charlando un rato hasta que Carla soltó:

—Pupi, perdón que te diga así, pero de tanto que escuché nombrar y con tanta foto vieja, me sale tutearte. No quiero sonar atrevida, pero ¿por casualidad estás libre? Digo, ¿querés venir a comer a casa? —dijo mientras me pisaba la puntera de la zapatilla. Gesto que siempre hacía cuando no podía atreverme a contradecirla.

Esteban rio y no dijo nada. Me miró, sonrió. La miró a Carla, sonrió todavía más.

—Eeemmm —dudó, y Carla me pisó aún más fuerte para que me hiciera cargo.

—¡Dale, Pupi! ¡Hace mil años que no nos vemos! Vamos a hacer unos tacos. ¡Venite!, así nos ponemos al día.

—Me toman por sorpresa. No tenía planes, pero si los tuviera… los cancelaría. Me encanta la idea. Yo compro vino y helado. No se discute. Nos vemos en cinco minutos en la fila de cajas. —Nos dejó con la palabra en la boca y se fue con su changuito, taconeando con su característico quiebre de cintura al caminar.

Entramos a casa. Fuimos a la cocina con las bolsas.

Las dejamos sobre el mármol y mientras con Pupi acomodábamos las compras, Carla descorchó una de las de botellas del malbec Padres dedicados Giménez Rilli que había traído Esteban. Primero, me alcanzó las cajas de puré de tomate y las dejé cerca de la hornalla. Con las fajitas hice lo mismo. Cuando sacó los artículos de limpieza de la bolsa, se detuvo unos instantes. Reflexivo, miró la etiqueta del limpiador de piso que había elegido. Seguimos con las verduras y terminamos acomodando las cosas de alacena.

—¡Así que vos sos el famoso Pupi! Contame un poco de vos que el tarambana de tu amigo no sabe nada de nada. ¿A qué te dedicas? ¿Tenés familia? ¡Algo, o todo! Mejor todo —dijo Carla con empatía mientras le servía más vino del que Esteban esperaba.

—¿Famoso? ¡Tampoco para tanto, che! ¡Qué honor! Y, mirá, Carla, como sabrás, con tu marido nos conocemos desde los seis añitos. Hicimos juntos primaria y secundaria en el Inmaculado Corazón. Así como nos ves, éramos dupla de monaguillos. Después estudié cine e hice un cursito de decoración de interiores, un poco de todo. Trabajé de masajista y ahora estoy en el área de ceremonial y protocolo en la embajada de Ucrania. Te digo que estoy para escribir un libro. Hice de todo, nada bien —completó entre risas.

—¿Embajada? ¡Qué nivel! Me alegro mucho. ¿Por qué no aprendés de tu amigo? Elegante, camisita adentro, perfumado, barba prolija. —Carla me lanzó un dardo, pero de los amistosos. La conozco, fue con la mejor de las ondas. Y ahora, dirigiéndose nuevamente a Esteban, agregó—: ¿Por qué no le enseñás a tu amigo? Siempre dejado, barba raleada, ropa agujereada, un croto.

Esteban hizo una mueca confusa.

—No me deja poner, bajo ningún punto de vista, naftalina en su ropero. Si es por él, se lo comen las polillas. ¿Podés creer?

A Esteban se le borró la sonrisa y me miró fijo.

—Si no consigo las Premium con aroma a lavanda, me prohibió poner naftalina en su ropero. Esas o nada. No sé qué mambo tiene este rompequinotos con la naftalina común y corriente —sumó, risueña.

A Esteban le cambió tanto la cara que Carla se dio cuenta.

—Perdón, ¿dije algo que te molestó? —preguntó.

—Nada, nada —respondió Esteban, áspero.

—¿Seguro? Mirá que conmigo no hay drama eh. —Carla tanteó para descifrar algo.

—¿Sabés lo qué pasa, Carla? Estaría bueno que Franc...

—¡NI SE TE OCURRA, ESTEBAN! —por fin hablé—. ¡NO TE CORRESPONDE!

—Me corresponde tanto como a vos. Y te hago un favor, créeme —replicó Esteban.

Carla contemplaba la escena, desorientada.

—Ya está, comamos. —Fue mi último intento por sacar adelante la velada.

—No está, ¡te estás haciendo mierda, Franco! —Esteban volvió a la carga, ahora poniéndose de pie.

—¡BASTA, ESTEBAN! ¡TOMATELAS! Te vas de mi casa ¡AHORA! ¡NO TENÉS DERECHO! —grité sin mirarlo y señalándole la puerta. Carla quedó petrificada. Jamás me había escuchado gritar.

Esteban agarró su campera, saludó a Carla con un beso. Cuando estaba por abrir la puerta para salir, giró y me dijo:

—Tenés que soltar, Franco. Te está pudriendo por dentro, lo necesitás. —Y se fue, en silencio.

—¿Me querés explicar qué carajo acaba de pasar? —me dijo Carla, e hizo fondo blanco con su copa de vino antes de oír la respuesta.

Contra mi voluntad, porque aún no estaba listo, largué todo. Como pude. Entre lágrimas. Con la respiración entrecortada. Le conté la historia completa de nuestras épocas de monaguillos en la parroquia del padre José María. Cómo nos hacía dejar el copón, el cáliz, el incensario y demás elementos del altar en el cuartito. Y siempre, sin excepción, hacía que uno de los dos, Pupi o yo, guardara su sotana en el enorme armario de roble. Todavía siento ese olor a naftalina que te destapaba la nariz cada vez que abrías las puertas. Un gusto que se te pegaba en el paladar y te taladraba el esófago. Todos los bolsillos de las prendas y el piso del mueble estaban plagados de esas pelotitas de mierda. Así evitaban las polillas. ¡Bicho asqueroso si los hay! ¡Se alimentan de las fibras, en la oscuridad! ¡Te hacen agujeros y te arruinan, en silencio! Como el hijo de puta del padre José María que se alimentó de nuestras fibras, perforándonos el centro de la inocencia. Agujereándonos el alma. Todavía escucho el ruido de la llave cerrando el cuartito de la parroquia, rogando por dentro que me tocara hacer de campana y no ser el que tuviera que guardar la sotana adentro del armario.

Mal de Cora

(coautoría con Federico Enríquez)

Los tubos incandescentes parpadeaban. La luz blanca apenas iluminaba una pequeña parte del escritorio que Orlando utilizaba como mesa de trabajo. Casi no se lo veía entre la gran cantidad de carpetas y expedientes de archivo que copaban su minúscula oficina. Sólo se escuchaban el zumbido de la luz, su respiración dificultosa y una tos seca que le recordaba lo mucho que necesitaba dejar de fumar. «O al menos bajar a diez puchitos por día, con eso estoy bárbaro», solía pulsear en su interior.

Se aflojó apenas el nudo de la corbata y miró el reloj con la certeza de que serían las doce menos diez. «Justito, como siempre», pensó. Se puso de pie, pasó de costado (la panza no le pasaba de frente desde hacía años) entre las estanterías llenas de papeles, abrió la puerta y salió. En el pasillo, el olor a café recalentado le revolvió el estómago un poco más que ayer. Sintió náuseas. La recepcionista nueva, como de costumbre, no estaba en su puesto. «Siempre lo mismo esta pendeja, vive al pedo», se dijo a sí mismo. Pulsó el botón del ascensor. Mientras miraba su reflejo, se aflojó apenas el nudo de la corbata y se peinó los pocos pelos blancos que le quedaban en la cabeza. Sus ojos sepia, ocultos detrás de esos anteojos culo de botella reflejaban una figura encorvada, rechoncha y muy sudada. Su imagen deteriorada lo sorprendió. Negó con la cabeza, se secó la transpiración del bozo, se palpó la barba crecida, desprolija, y se aflojó apenas el nudo de la corbata. «Estoy hecho una tutuca, la concha de mi hermana», concluyó.

Todavía en shock, pudo continuar con su rutina de todos los días. Compró los Chesterfield fresh con cápsulas de mentol en el kiosko del judío y entró en La victoria, el bar de la esquina. Asintió con la cabeza a modo de saludo al mozo, se aflojó apenas el nudo de la corbata, y le dieron lo de siempre: tres triples de miga tostados de jamón y queso, con refuerzo de queso, y un agua tónica. Pagó y salió. Nunca se había quedado a comer ahí. El hecho de estar rodeado de gente lo sofocaba. Hacía años que le preparaban el paquete y se lo entregaban. A las doce en punto.

El semáforo cambió justo cuando se disponía a cruzar Avenida Corrientes.

—Todos contra Orlando, ¿no? ¡La puta que me re mil parió! —masculló, fatigado.

Estaba convencido de que el universo se le vivía riendo en la cara. Evitó mirar a la vieja que pedía monedas en la puerta de la Torre Odeón, mientras se aflojaba apenas el nudo de la corbata, y recordó la vez que le dejó una moneda de cinco pesos y la vieja lo escupió. Finalmente, se metió en el modesto Edificio de la República, donde trabajaba hacía 27 años, 11 meses y 33 días.

Al salir del ascensor, la recepcionista nueva, como de costumbre, no estaba en su puesto. Por fortuna, el vaho a comida rápida había tapado el olor a café rancio. Abrió la puerta de su minúscula oficina y entró. Repitió todo lo que había hecho para salir, pero ahora para entrar. Le costó más de lo habitual. Mucho más. Las estanterías le resultaron más grandes o él estaba más gordo.

Cuando pudo pasar, corrió la silla, apoyó la bolsa con los triples de miga y la tónica, se aflojó apenas el nudo de la corbata y se sentó. Bufó fuerte. Estaba incómodo. El escritorio parecía haberse reducido, casi no le quedaba espacio para estirar las piernas, y la parva de carpetas y expedientes parecían haberse multiplicado. Empezó a respirar profundo, buscando calma. «Tranquilizate, pelotudo. Te pasó mil veces. Está todo acá, acá, acá», se dijo, llevándose dos dedos a la sien. Comió en compañía del zumbido de la luz y de sus brutales masticaciones. Eructó por el exceso de gas, llevándose un puño a la boca, se golpeteó la panza y se aflojó el nudo de la corbata. «Ahora sí, a laburar o me quedo dormido». Movió el mouse para espabilarse a él y a su computadora, pero lo distrajo la foto que se encontraba al lado. Cora sonriente, feliz, enamorada. Tomó el portarretratos con las dos manos. Habían pasado muchos años, pero la extrañaba como el primer día. Todavía, antes de cada comida, escuchaba su voz nasal «Tenés que ponerle menos sal a la comida, gordito, te va a hacer mal».

«Mentirosa de mierda, igual que todas». Cada vez que sobrepensaba, deshacía su obsesión con algún insulto. Apoyó la foto boca abajo sobre el escritorio e intentó concentrarse en lo que sí podía controlar: columnas, filas, celdas y cifras. De repente, se desorientó. Sintió como si estuviera en otro lugar. Le costó, pero logró identificarlo, estaba con Cora en Carlos Keen, pasando un día de campo meta embutidos: chorizo seco, longaniza y salame fuet cagnoli. Volvió a sentir náuseas, hasta que se acordó de las palabras de Cora entre risas aquella mañana: «Te va a agarrar una pataleta al hígado, gordito». Ahora, el escritorio le oprimía la boca del estómago. Intentó correrlo hacia adelante, pero no pudo. Le faltaba fuerza. Se agitó y se aflojó apenas el nudo de la corbata. El panel de fibra de madera que durante tantos años había movido fácilmente pesaba ahora una tonelada. Levantó el teléfono. Marcó 0 en su conmutador para pedir ayuda. No lo atendió nadie. La recepcionista nueva, como de costumbre, no estaba en su puesto de trabajo. Miró para el costado y vio una silueta, primero pensó que era la recepcionista, después cayó en la cuenta de que era Cora. Cerró los ojos, los volvió a abrir y la figura de Cora desapareció. La pila de papeles ya le impedía ver el resto de la oficina. Trató de apartarlos, pero sus brazos estaban atrapados entre dos estanterías que habían cambiado de lugar y lo oprimían desde ambos costados. Intentando liberarlos, sintió su brazo izquierdo dormido. Confundido, trató de zafarse. Levantó la mirada y lo único que alcanzó a ver fue el techo a pocos centímetros de su cabeza. Hasta podía oler la humedad que se filtraba desde el piso de arriba. Aturdido y asustado, intentó juntar fuerzas para pararse, pero sus piernas se encontraban inmóviles, presionadas contra el escritorio. Entonces, sólo pudo aflojarse apenas el nudo de la corbata. El piso parecía también estar ejerciendo la misma fuerza que todo el mobiliario. A esa altura, el dolor de pecho era tal que sentía como si un elefante estuviera pisándole la caja torácica. Cora volvió a aparecer. Lo miró con ternura, la misma mirada con la que lo había observado el día que partió y le dijo «Aflojate el nudo de la corbata, gordito, te vas a ahorcar así».

Los tubos incandescentes parpadeaban. La luz blanca apenas iluminaba una pequeña parte del escritorio que Orlando utilizaba como mesa de trabajo. Casi no se lo veía entre la gran cantidad de carpetas y expedientes de archivo que copaban su minúscula oficina. Con su último aliento intentó gritar, pero lo único que salió de su garganta fue un gemido seco. A partir de ahí, sólo se escuchó el zumbido de la luz.

ÍNDICE